胡建文 著

天空高远
生命苍茫

长江出版传媒 ｜ 长江文艺出版社

胡建文

笔名剑客书生，20世纪70年代出生，湖南新化人，现居湘西。吉首大学报社社长，副教授。湖南省作家协会会员，湖南省诗歌学会理事。作品发表于《人民文学》《诗刊》《星星》《扬子江诗刊》等报刊，入选漓江出版社、春风文艺出版社、长江文艺出版社出版的诗歌、散文诗、散文、儿童文学年选，以及《中国新诗300首》（谭五昌主编）、《新中国60年文学大系·散文诗精选》（王蒙主编）等选本。著有诗集、散文集多部。2007年，被评为"全国十大魅力诗人"。参加全国第三届、第十届散文诗笔会。

建文的诗歌深烙着故乡的胎记和亲情的骨血，有着明晰的来路和情感的体温。他把亲人和乡情作为诗歌指认的基因，念动乡关，挥洒诗情，让故乡的一丝一息、一呼一吸，都在蓬勃的诗意中传递着爱、痛和悲悯，令人感动、温暖和温馨。

——彭学明（作家、中国作家协会创联部主任）

胡建文笔名剑客书生，是一位文武双全的优秀诗人。他把武术中的侠客精神在自己的诗歌中体现得淋漓尽致。他热爱生活，热爱生命。他的诗歌中，充满对大地和天空的爱，对故乡的爱，对父母和亲人的爱，对无数弱小者的爱。甚至一株"站在路上"的草，一对"急得团团转"的麻雀，一口"废弃"的井，一棵"倒在走向春天的途中"的树，都是他的诗歌关注的对象。诗歌，需要这种大悲悯和大关怀！

——邱华栋（作家、诗人，中国作家协会鲁迅文学院常务副院长）

近些年，诗歌讲究接地气，这是对的，诗歌就应该扎根大地，贴近人间，但我们也不能因此理解偏颇。诗歌还应该仰望天空和眺望远方，这样，诗人才能既踏踏实实埋头走路，又有方向。胡建文长年在湘西深耕生活，但从他的诗里可以看到，他有抱负，有理想，心怀天下。我觉得这样的诗歌追求是值得肯定的，希望他的诗路越走越远，越走越开阔。

——李少君（诗人、中国作家协会全委会委员、《诗刊》副主编）

诗人胡建文将大湘西作为他的精神背景，他的诗歌写作扎根土地，往往从自己的日常生活经历与故乡的人物景色中找到灵感的激发点，其作品主体风格清新、灵动、优美、洒脱而深情，与大湘西的山川风情构成某种审美对称关系，有力地彰显出胡建文作为大湘西诗群领军人物的地位。

——谭五昌（诗评家、北京师范大学中国当代新诗研究中心主任）

建文是湖南"70后"诗人，他的诗里有湘西的大山、溪水与风声，他以一种坚实的语调与敞开的姿态行走在大地上，雄浑中传达出对生命的呼唤，沧桑中呈现出对精神的渴求，他写出了历史与现实的重量，建构起属于他的"天空高远，生命苍茫"的诗歌审美。

——周瑟瑟（作家、诗人、评论家）

认识诗人胡建文没多久，但他身上散发出诗的灵气和激情，给我留下了难以磨灭的印象。他1990年代末开始诗歌创作，一直激情澎湃、勤耕不辍。他的诗诗风朴实、格调新颖。2002年在《人民文学》上发表的组诗，让我们眼前一亮。特别是那首《在木炭市场》，诗意灵动，立意深远，对那些掠夺和扼杀大自然的行为予以谴责。2007年在《诗刊》发表的《我在大学教书》一诗，也吹皱了我心中诗的涟漪，这首诗写自己大学教书期间清贫的生活，童话般地抒发出恬静的诗意，让人触摸到诗人灵魂深处的清纯和童趣。建文的诗语言简洁，构思奇特，涉及范围广。他还有写体育题材的诗歌专辑，充分体现了诗人对多种题材的驾驭能力。建文最近要出版诗集《天空高远，生命苍茫》，我以一个诗人读者的身份，向读者推荐这本诗集。

——梁尔源（诗人、湖南省诗歌学会会长）

目　录

第四辑　我想珍惜的美好

第五辑　　沉默的动词

第六辑 一棵树，倒在走向春天的途中

附　录

第一辑

天空高远，生命苍茫

天空高远，生命苍茫

大地向南，我向北
风声向南，我的心音向北
大片大片奔跑的水稻，大片大片奔跑的玉米
大片大片奔跑的麦子，大片大片奔跑的云朵
天空高远，生命苍茫

一只小鸟，画出一道有力的弧线
一块墓碑，两块墓碑，无数墓碑
站立着，深深切入土地的诗篇
田间或原野里劳作的人，渐大渐小渐淡渐无
天空高远，生命苍茫

让我忘记从前，忘记现在和未来
忘记所有飞速来临又飞速撤退的事物
让我忘记生，忘记死，忘记一切
就这样慢慢抬起头来，平视或者仰望
天空高远，生命苍茫

忍不住大喊了一声

春天，我在阳光的背面行走
走着走着
忍不住就大喊了一声

该发芽的都发芽了
该绽蕾的都绽蕾了
这个季节，总觉得有什么东西在体内膨胀
于是就忍不住大喊了一声

当这喊声砰然坠地的时候
我才清晰地感到了它的沉重
一只鸟，莫名其妙地看看我
逃也似的飞向远处

沧桑之后

秋天的大地一望无垠
秋天的阳光是我辽阔的心情

翅膀之上的天空
高过一切苦难和怅惘
一片叶子以舒缓的歌声
熄灭了夜晚的疼痛

曾经遍布内伤的秋天
在阳光下，如此健康而平静
一如分娩之后的母亲
她的幸福和安详让我想起
一群霜在途中
一群雪在途中
春天奔跑的花朵也在途中

内心的冬天

一

持续了几天的
茫茫大雪，是我内心
一种停不下来的
覆盖与挣扎
时间，站在过去
现在与未来的界面上
沉默。思索，抑或茫然？
一起交通事故
突然阻塞记忆
世界，顿时呈现出
血色的　苍白

二

午夜的坚冰
冥顽不化，如心中
最深处的某个角落

一个固执的念头

被风吹

这北方的冬天

梦境比预想的要滑

终于在风中跌倒

灯也熄灭了，我怎么找不到

摸索着爬起来的

一根藤？

三

从虚无到虚无

一场深渊般的灾难

他们，都被雪埋葬了，消失了

留下我和孤独

原始的恐惧

一朵绝望的火焰

历经劫难的树，在晴明晦暗里

拍拍我的肩：兄弟，坚持！

一道白光闪过，我发现

从冬天到春天

恰是一场雪的距离

等待一场大雪

阳光在每一片树叶上
踮起脚尖，眺望
一只鸟飞来
鸣叫几声
又飞远

上个世纪的晚宴
至今还热气腾腾
桌边的人依次离开
空空的椅子上
坐着时间

一只鸟飞来，一只鸟飞远
大地无比寂静
在等待——
一场辽阔的大雪
一场诗歌的风暴

一片叶子落在头顶

一片叶子落在头顶

是偶然也是必然

就这样

秋天的一枚小小动词

完成了一次

意义非同寻常的敲打

以及对于命运的小心探寻

在风中，请原谅视觉的短暂背叛

无边的北方遍地黄金

流浪者，流浪在路上

眼眸里暗含一场平静的暴风雪

而落叶的敲打

已为孤独，开启了永远的孤独之门

空瓶子

一个空瓶子
平静而孤独的空瓶子
装满空气
和许多词语以外的东西

一无所有的空瓶子
装满空气的空瓶子
在我手中
时间一样长久沉默

一切经历
一切渴望
都只能
用寂静的空来表达

空椅子

一把废弃的空椅子
在翻云覆雨的天空下
积满
挥之不去的世俗尘埃

把沉重的内伤
捂在心里，不言不语
早已站立不稳
仍要苦苦支撑　一种现实的空

一把废弃的空椅子
最大的痛苦和悲哀
在于——
它的废而不弃

空杯子

由空而满
由满而空
这就是
一只杯子的一生

谁，倒空了杯子
又把杯子弃置一旁
杯子张开干裂的唇
说："水，请给我水"

而转瞬间
它已握在风的手中
一片一片
碎　是一只杯子最后的宿命

空房子

空房子，在大风之上
在一切寂寞的星辰之上

删去所有过去和未来
思想齿轮般转动
黑暗背后的灯光，灯光背后的黑暗

小小窗口
不含眼泪和语言
阅读影子是一门深奥的学问

空房子，空房子
鞋子走来走去的夜晚
请让我用一声内心的呐喊来充满它

死亡是一个庄严的仪式

在长长的送葬队伍中
思考我们短暂的一生

大地的伤口
将一个人一辈子经历的苦难
一口吞没
绝不留下眼泪，留下呻吟

死亡是一个庄严的仪式
寒风吹过山冈
此刻，你是否读懂天空的肃穆？

离　别

其实，所有的离别
都是为最后的离别做准备

想哭就哭吧，哭完了
柔软的内心
又会变得坚硬一点点

当我们的内心变得足够坚硬
最后的离别将如期而至
于是，在别人的泪水中
我们平静且从容地走向生之彼岸

一棵草站在路上

一棵草站在路上
小小的身子上面
是硕大的天空
阳光以神的名义君临大地
小小的草，摊开手掌
一个秘密的仪式即刻宣告完成

一棵草站在路上
身前是无限的时光
身后是无限的时光
无数的幻影，在时光中任意穿行
小小的草，拨动闪闪的露珠
它的简单的站立
永远是一种强有力的证明

一棵草站在路上
站在一切的思想之上
姿态正直，内心平静
深邃的目光
直指生命历程迷茫而遥远的方向

人　生

生活总把梦想击碎
我们笑着收拾残局

生活是一把锯子

生活是一把锯子

在心上，来回地锯

血，迸出来

殷红一片

痛，但不能说

坚持的过程

即

生命的意义

有的人

有的人
你把他当人看
他把你当小狗看

你把他当小狗看
他才会
把你当人看

历史与现实

历史——
一堆时间的灰烬
早已冷却

现实——
一片烧焦的土地
泛着微微的余温

在沈从文墓前

思索的石头
在墓前永远沉默

一生走了很久很远的路
路上总有太多粗粝的风沙
湘西，是你最初与最后的家园

枕着沱江的涛声
总是微笑的你
终于
有了一个为历史静静流泪的夜晚

春天， 注意防寒

温暖和寒冷
只隔着一扇墙
温暖被寒冷取代是很容易的事
如爱情里的阳光
动不动就被雨雪取代
破碎猝不及防的心

春天，我们在初来乍到的温暖里放声歌唱
忘了冬的脚步还离得不远
忘了离得不远的冬还有可能杀回马枪
在一个睡得很甜梦得很香的夜
冬调动风调动雨，行使复仇的阴谋
歌唱着的我们
突然头痛欲裂，嗓音沙哑

不要只顾歌唱温暖
即使在春天，也应注意防寒
患过一场重感冒，我们懂了

写给一位十九岁的女孩

如果，能够回到十九岁
我愿意再次一无所有
愿意痛苦，愿意迷茫
愿意在黑暗中焦灼地等待黎明
愿意在失落中苦苦追寻人生的方向

而你，正值十九岁的华年
如同刚刚开垦的土地可以种植一切
只要耕耘，即有收获
如同摊开的手掌，空空如也
用力一握便攥紧了未来

痛苦，是因为心中孕育着生命的珍珠
迷茫，是因为脚下纵横着数不清的道路

想不明白

每次上下班，经过

学校南门那个做防盗窗的店子

我就感到莫名的紧张

里三层，外三层

那一扇扇用不锈钢密密麻麻焊接的防盗窗

怎么看，都像是牢笼

做防盗窗的师傅，每天带着面罩

忙个不停，焊花四溅

我最怕七岁的女儿问我

爸爸，这世界为什么要做这么多牢笼呀

我可解答不了

这确实是个问题

因为我自己，总也想不明白

生日让我们见证时间的速度

生日，让我们见证时间的速度
它以比流水更快，比闪电更快
甚至比遗忘更快的速度
把我们带向未知的深渊

我们坐在时间制造的飞行器上
体验一种危险的快感
在我们吹灭生日蜡烛的瞬间
时间躲在暗处，哈哈大笑

生日这一天

工作之余，做了两件事——

为一个 11 岁的白血病患者

在微信朋友圈卖力地吆喝了几声

给一位在火车站蹬三轮车的老妇人

打了一份大病救助报告

15 年前，她的老伴因心脏病去世

10 年前，她的独生儿子患尿毒症去世

现在，这位 68 岁的孤寡老人，患了严重的脑梗塞

坚强母亲，渐渐黯淡成无力的黄昏残阳

忙碌了一天，生日就过了

一个声音说："你不是神"

真正的神，在暗夜的一角，没有言语

一群黄牛

一群黄牛

从乡间土路上走来

一踏上新修的水泥路

它们的脚步

不自觉地欢快起来

一只领头的老黄牛

甚至忍不住长哞了一声

它们并不知道

宽阔平坦的水泥路的尽头

就是

屠宰场……

第二辑 |
唉，故乡

父 亲

什么都不怕
这就是父亲——

父亲不怕痛
砍柴时，柴刀割到手指
父亲一咬牙
就把割裂的皮扯掉了
吐口唾沫止下血
柴刀继续挥舞

父亲不怕苦
过过苦日子，吃过蕨根和"神仙土"
喝再苦的中药，都从不加糖
苦涩的猪胆，别人何曾敢尝
他却用来下酒
总吃得津津有味

父亲不怕累
一米六的个子，背得动一部打谷机
两个肩膀，扛四根百来斤的木头

他鼓起腮帮子，一声不哼
到七十岁，能挑满满一担粪上山
不歇脚，还对我们说：老子没老呢

父亲不怕死
一个死字，我们常常忌讳
可从父亲的嘴里吐出来
像吐口烟一样随便
喜欢跟我们讨论，死后葬在哪里最好
打棺材的时候
硬要躺进去试试，看舒服不舒服

什么都不怕的父亲
是我们一生最坚实的依靠啊！

母　亲

因为劳动
母亲，长成最动人的女子
母亲挥锄的姿势
母亲割禾的姿势
母亲挑担的姿势
健康而优美

因为爱
母亲，比诗经中的女子更加美丽
母亲送父亲出远门的身影
母亲在村口的碑基上接我们回家的身影
母亲给饥饿的孤寡老人送茶送饭的身影
美得让人流泪

生活磨难着她也养育着她
岁月雕刻着她也丰满着她
母亲，最婀娜最故乡的一种树
在风中在雨中
在儿女们晴朗空旷的记忆里
微笑站立，美到极致……

跟着父亲上山

听说父亲在地里种了很多树苗
我特地回家一趟
欣赏父亲的劳动成果

一路上都可以看到坟墓
父亲一一给我指点
说这是谁，那又是谁
这些人我都见过，有的还很熟悉
我平静地听着
在心里跟他们默默地打着招呼
就像他们还活着
只是换了一个地方相见

八十岁的父亲，带着我
走遍了我们家的每一块自留地
并一再叮嘱我，不要忘了这些土地
父亲跟我说这些的时候
非常认真
仿佛是进行一个庄严的交接仪式

唉， 故乡

电话中又传来故乡的消息
我们院子里的利五叔死了
利五叔，曾经是一把犁田的好手
风湿病却过早地给了他一个风烛残年
偶尔挂着拐杖放放牛
眼里总蓄满牛一样浑浊的泪

关于利五叔，其实我了解得并不多
我知道他除了种田，没有别的手艺
因此不得不忍受更多生活的艰辛
我知道他喜欢喝酒
常常瞒着老婆偷偷卖一两升米换碗酒喝
我知道他没有儿子，只有两个女儿
（招了个上门女婿，关系却弄得跟仇人一般）
这可能是他一辈子的心病
我当然还知道，三十多年前，我要来到这个世间的时候
是利五叔提着煤油灯过河去喊接生婆的
当时，大雨下了整整一夜，家门前的小河涨满了浑黄
　　的水
利五叔只能俯下身子，慢慢地、慢慢地爬过颤巍巍的

木桥

一辈子能有多长呢
我匆匆长大，离开家乡
来不及请利五叔喝一碗好酒
他就已经作古了
唉，故乡，为什么每次回到你的怀抱
总有一两个熟悉的温暖的名字
变成陌生的冷冰冰的坟墓?!

再别故乡

正月初六
八十岁的妈妈
坚持四点多起床
做好饭菜
刚过完年的故乡
还在静静地酣睡

吃了饭
带着妈煮的六个鸡蛋
再别故乡
临走时，我用录音笔
录下了妈妈的叮咛
却怎么也录不下爹的沉默

哥开车送我们去县城的火车站
身后是浓浓的夜色
一晃就看不见门口的爹和妈
刚出门便想着何时能再回家
不能回头的道路
趁着天还没亮，把张家台远远地扔在后面……

妈妈， 我想给您写一首诗

妈妈，今天是母亲节

很想很想给您写一首诗

一早起来到现在

搜肠刮肚也写不出一个字

妈妈，我觉得，写给母亲的诗

是世界上最难写的诗

写深了，妈妈您看不懂

写浅了，还不如妈妈您讲的大白话

妈妈，您知道世界上有多少写母爱的诗吗

一句一句连起来，肯定比长城还长

没有一句能为母亲遮风挡雨

没有一句能够治疗母亲的风湿关节痛

妈妈，今天我就不写诗了

还是给您打个电话吧

听到电话里传来的笑声，我就晓得

儿子一句贴心的话，当得写一百首诗……

故乡来电

昨日，八十二岁的父亲
代表故乡来电
带给数百里之外的我
一个好消息，一个坏消息

父亲兴奋地说
屋背后的高速公路开通了
下次回来，你就到肖家院里下车啰
屋门前的那条路也铺了水泥
今天刚浇筑完成
好宽呢，可以并排开两部车

过一会，父亲又说，屋背后的伯娘死了
刚刚还振奋着的心，像猛地被刀戳了一下，痛
这位伯娘，八十七岁高寿，但晚景凄凉
我每次回去，她都会来我们家坐坐，说说话流流泪
前不久回家，病了十多天未出门的她
又拄着拐杖颤巍巍地到我家坐了坐
她已神志不清，没说一句话
我和妈小心翼翼地扶着她回到她的低矮破旧的老木屋

一个好消息，一个坏消息
把宁静的夜晚搅成一锅粥
故乡的高速公路上飞奔而来又呼啸而过的汽车
故乡那片土地上，寒风中默默老去的一位老人
让我再一次看清生活的本来面目——
喜忧参半，悲欣交集

与故乡通电话

我问故乡
最近身体好不好

故乡说
身体好，饭也能吃，酒也能喝

我问故乡
那边天气冷不冷

故乡说
不冷，天天烤火，蛮暖和的

电话里的故乡
一切，都好！

拾破烂的女人

一堆泛着恶臭的垃圾
凝固着一双比针还尖的眼睛

拾破烂的女人
养育了全人类的母亲
在挤尽了最后一滴乳汁之后
被风追赶得四处逃窜
像一片历尽沧桑的落叶

少女的梦早已随风而散
她还拥有属于自己的家吗
严寒紧逼着她单薄的衣衫
那高过头顶的背篓
越看越像一座山……

她

她喜欢说话
喜欢笑
喜欢在课间，跟男同学追逐打闹
为了争读一本席慕蓉的诗集
我们曾在教室里
追赶过好几个回合

她喜欢沉默
喜欢静坐
喜欢一个人在草地上看书晒太阳
偶尔迟到或缺课，跟老师顶嘴
她常常想些什么
我不知道

我复读那一年
她在一家镇水泥厂做临时工
普通同学，毕业了就再无联系
想问她现在过得好不好
可是谁知道呢
服毒自杀，是她中学毕业后
留给我的最后的消息

天桥上的盲人

那时候，几乎是每次
经过人民路的人行天桥
都会看到一个乞讨的盲人，独自坐在那儿
一张烧焦的脸，看不出年龄

盲人，张着几乎没有嘴唇的嘴
一遍一遍地喊："恼火啊！恼火啊！"
天桥上，人来人往
天桥下，车水马龙

后来，盲人不再来了
"恼火啊！恼火啊！"
几乎没有嘴唇的嘴，还在一遍又一遍地喊
他的面前：一个空碗，几枚硬币

距　离

吉首到新化，325 公里
新化到吉首，325 公里

世界上最近的距离
是吉首到新化的距离

世界上最远的距离
是新化到吉首的距离

（注：新化是我的家乡，位于湘中；吉首是我的谋生之地，位于
湘西）

来自村庄的消息

逆风而行
一骑绝尘之后
是越来越巨大的空茫
以及空茫尽处
一滴露水浸湿的村庄

我所生活过的村庄
淡如炊烟的村庄
一粒鸟声，便能打破由远及近的全部寂静
这种亘古的寂静
以一个禅者的沉默内涵
悄悄容纳了
千百年来整个村庄的活着与死亡

今天，我怀着村庄一样平静的心情
接受了无法拒绝的秋风的消息
老家隔壁的两个女人
相继死去
一个不算太老，一个还很年轻

家　园

在长长的一生里
离开不过是一个简单的瞬间
而永远的归途
比一生还要曲折漫长
家园的草房子和木板屋
总在回忆里温暖着古典的歌唱

每到年关将近的时候
远方的灯火次第绽放
照亮灵魂回家的方向
岁月的大风照耀着祖坟上的蒿草
在草龙和布狮出没的地方
溅响一片露水般湿润的阳光

街头民工

一种浸透苦味的草
一种沾满泥巴的草
被逼到城市的夹缝中
寻找生机

这种来自乡下的草啊
满面尘埃
衣衫单薄
枯黄的叶子在风里翻飞
没有比活着更高的愿望

城市阳光下
一根扁担
倾斜着
朝着家的方向

回　家

旧历年底的道路
每一条都直指母亲

从故乡到异乡
从异乡又回到故乡
追逐过流浪的风流浪的云
才知道
哪里方能真正安妥自己的灵魂

笑　话

我的一位表堂兄

没有读过书

跟着村里的包工头

进城去打工

有一回逛商场

他指着一根妇女卫生带

（卫生巾的前身）

冲着服务员大喊——

"喂，给我拿条裤带子"

同去的老乡们

忍不住哈哈大笑

因为方音太重

售货员开始没听懂

经表堂兄一再重复后

红着脸偷偷地笑了

表堂兄愣了大半天

终于没有弄明白

他们究竟在笑什么

这个大笑话

在我们那个叫张家台的小山村

一直流传了很久

不知笑破多少肚皮

现在，我的这位表堂兄

早得传染病死了

我在北方的城里流浪

偶尔想到这个笑话

再也笑不出来

陪父亲到田边走走

走到田边
才发现——
这么多年
我的一只脚
踏进了城市
另一只脚
依然没有
拔出父亲的稻田

录音笔

每次回家
我都会在口袋里，装上一支录音笔

跟老爸老妈聊天时
我就悄悄把录音笔打开

今后，万一哪一天爸爸妈妈都不在了
我也不怕，因为我有录音笔

每当我想念他们的时候
他们随时可以跟我唠叨半天

清明， 我要回到你长眠的故乡

二姐，无论在哪里，不管有多远
年年清明，我要回到你长眠的故乡

二姐，我知道，回去也不可能再见到你
这又有什么关系呢，在你坟前站站就好

二姐，我想回来告诉你，你的孙儿，会喊奶奶啦
二毛的婚事，也有眉目了，不用担心

二姐，爸爸妈妈都还好
我们也很好，真的很好，就是很想你

二姐，过了这么久，我仍然一想你就流泪
不是不坚强，只因为爱太深，死亡太残忍

二姐，又是一年清明了，等我回来
回到你长眠的故乡，陪陪你，你的孤独一定又长满青草

最残酷的事情

余生
最残酷的事情
就是
一次又一次梦见你——
还活着

泪水是液态的语言

时间
步履维艰走了一年
我们，被痛苦
囚禁了三百六十五天

泪水，是液态的语言
一
行
一
行
写成怀念的
诗篇

我们的家， 就像从前一样温暖

整整五年了，八十多岁的妈妈
每到初一和十五
都要在神龛下烧一叠纸，点一炷香
口中念念有词
总被香的浓烟呛得眼泪直流的妈妈
烧完纸，点完香
就在饭桌上搁一副碗筷
轻轻喊着你的名字："回来吃饭啊"

最近，妈妈摔了一跤
脊椎压缩性骨折，旧痛新伤，卧床不起
那天回家看望
吃饭时，我学着妈妈的样子
给你盛了一碗饭，搁上一双筷子
我不知道说什么好
默默地坐下来，默默地吃着饭
二姐，我感觉到你，仍旧跟我们坐在一起
我们的家，就像从前一样温暖

第三辑 |
平静的叙述

我在大学教书

我在大学教书
暂住平房一间
房前有自生自灭的草
夏天，开一种淡淡的小蓝花

我的房子，叫绿歌小室
有风常来坐坐
有雨不时敲打我的盆盆罐罐
我说，那是来自天堂的音乐

在夜晚的绿歌小室
我还邂逅过一位青蛙兄弟
其时我正在高声朗诵一首诗歌新作
青蛙兄弟仰脸呱呱地评论了几句

据说高校今年要加工资了
房子也一定会越住越好的
可青蛙兄弟还会来听我朗诵诗歌吗
高兴之余，又平添了一丝伤感的情绪

北京越来越大

北京越来越大

我的心越来越小

当年，北漂时夸下的海口

早已被一层又一层

厚厚的雾霾吞没

被一场又一场沙尘暴卷走

世界越来越大

我的梦越来越小

如今的我，在遥远的湘西一隅

教书，编稿，偶尔写点东西

供养着我那比针尖还小的梦想

——活着

与一只蚂蚁相遇

一条黄昏小路
走着我和一只蚂蚁
我停下，蚂蚁也停下
熟人一般礼貌地让路
绕道而行

走在同一条路上的
不是好朋好友
就是难兄难弟
我们心有灵犀地互望一眼
没说话
然后我走蚂蚁也走

当我回过头去再看时
蚂蚁的黑
早已融入了
无边无际的
黑夜的黑……

走路去书店

下班后，回家
吃两碗自己做的蛋炒饭
肚子饱了
灵魂还是空着

于是，出去走走
走着走着，就到了书店
像平常一样
北岛、顾城、舒婷、海子等诗人
正在那儿
寂寞地等着我

一番倾心地交流后
沿着童心的呼唤
我又拜见了曹文轩教授
这位我在北大曾经见过的作家
今天，他跟我说的是
道义、审美和悲悯情怀

买一本书

从书店出来

不习惯打车

走着走着，就到了家

把黑暗关在门外

我坐下来

写下了这首诗

在春天

在春天
我常常遇见阳光
温暖的水，清新的空气
自由自在的鸟的精灵
翅膀展开辽阔天空
它们从远方来，又振翅飞向远方

在春天
我也遇见冬天里曾遭遇的
苍茫飓风，无边落叶
遽然而至的暴雨、雪和冰雹
彻骨的疼痛
黑暗深处的恐惧和死亡

在春天
我看到：青草总是迎难而上
树根固执地向下掘进
花朵的光芒
坚持照亮内心的天堂
我的心无法继续沉默
它说，请让我像河流一样奔腾、歌唱

一场暴雨穿过内心

轰隆隆，雷声响了
呼啦啦，风声大作
一场突如其来的暴雨
穿过灰色的群山，穿过拥挤的建筑
穿过早就透不过气的夏天
最后，摧枯拉朽穿过我的内心

冲走我血管里淤积的泥沙
冲走我肺叶里拥堵的暑气
冲走我从旧伤口上剥落的痂
冲走我左心房的无奈，右心房的叹息
冲走我左心室的愤懑，右心室的疼痛

突如其来，戛然而止
一场暴雨穿过内心
留下一种被鞭子猛烈抽打的痛快

雨　夜

秋雨被风追赶

一阵缓一阵急，奔跑在窗外

它冰冷的脚步拒绝一切挽留

树的手臂伸出去，停留在空中

落叶跟着雨水漂走

时间醒来又睡去

深夜的寂静潮湿

抽象的梦和具象的记忆

被纯棉布一层层裹紧

诗意的温暖，终于重新来临

幸福的节日

总是
在这样清新的风里
在这样温柔的阳光里
想起那些
同样清新的风
和
同样温柔的阳光

我把所有这些美好的日子
收集起来
命名为：幸福的节日

中秋之夜

月亮说——
今夜，热闹是你们的
我什么也没有
不要把一枚巨大的孤独
说成是团圆的象征

一个冬天的上午

这是一个冬天的上午
我和许多人
挤在一辆公交车上
经过湘江

窗外湘水沉沉
我突然想眼睛一闭跳下去
然后高声呼救
然后麻木地
让一双陌生的大手捞起

我希望当我睁开眼睛时
救我的人已经离去
于是我便可以在某份晚报上
发一则醒目的寻人启事

当然这个上午
什么事情也没有发生
公交车把我卸在学校旁边
许多人继续赶路

平静的叙述

一片云
总在天空游荡人生

一棵草
总在风里站稳脚跟

一轮月
总在穿梭恍恍惚惚的梦境

一种声音
总在敲打每一个相似的黎明

一个故事
总在开始，没有尾声

一棵树的元旦献词

这一天
与昨天没什么两样
与明天也没什么不同
请摒弃一些浅薄的欢乐
如同
摒弃一身轻飘的落叶

这一天
我不想送出任何祝福
该来的一定会来
幸福，抑或苦难
世界，请你安静
听听时间走动的声音

寒　风

它把树上的叶子
一片片撕下来
扔得远远的
我竖起衣领走我的路
不理它

它把地上的灰尘
用力地扬起来
在空中打着旋儿
我吹着口哨走我的路
不理它

它把我身旁的一个塑料袋
从这边丢到那边
又从那边丢到这边
我高昂着头走我的路
不理它

最后，它冷冷地跑过来
用冰刀割我的脸

用寒针刺我的脚趾
我沉默着走我的路
不理它

女儿说

从餐馆出来
女儿说
爸爸，你的眼睛喝酒了

紧接着
女儿又说
爸爸，高楼闯进你的眼睛了

刚才还在酒桌上高谈阔论
爸爸和他的一群诗人朋友
张开大嘴，失语了……

落叶可以回收吗

5 岁多的女儿
指着垃圾桶上的"可回收"三个字问
爸爸，落叶可以回收吗

我对女儿说，当然可以
落叶被大地回收了
不久就会再生一个春天

女儿哭了

单位宿舍的大门口，有一株很高的竹子
竹枝垂下来，很长很长
女儿说，这是一只大象
垂下来的竹枝，是大象的鼻子

前天夜晚，一场袭击春天的大雪
把这株竹子给压垮了，大象的鼻子不见了
女儿一早起来去上幼儿园，经过大门口
忍不住伤心地哭了：我要大象回来，我要大象回来……

黑暗覆盖了夜

黑暗覆盖了夜
夜，覆盖了这座千年古城

谁认识我
我认识谁
一些斑驳的门
锁着历史，空无一人

一些人
沿着古老的巷道
行色匆匆
回到现代的家

面对一条滔滔大河
有一种感觉
狼一样袭击了我
在某一个不经意的瞬间……

词语的盛宴

2002 年 12 月 20 日，北京大雪
从朝阳区到北大，再从北大到农大
时间的车轮缓慢丈量的
正好是一首诗的距离

空着肚子，顶风冒雪
与我同行的是诗评家谭五昌
这个未名湖畔的才子
怀抱诗歌，永远青春

优雅的钢琴曲，雪花般温暖的诗句
照亮一场小小的诗歌的聚会
肚子空了，诗歌穿肠而过
权当酒肉和面包

这个以诗歌充饥的夜晚
洋溢着激情和能量
上帝，总会在精神荒芜的地方
为一代人的心灵，供奉着词语的盛宴

诗人的居所

那以高价租来的
大约五平方米的空间
勉强装得下一个诗人
和比诗歌更纯粹的生活

霉味是可以容忍的
不能容忍的是世俗臃肿的身躯
每当热浪咄咄逼近的时候
诗歌便瘦成一把扇子，比风更轻

诗人的居所
没有白天与黑夜
一扇低矮的门，抵挡着岁月
却关不住昏暗潮湿的爱情

诗人的居所
比蜗牛更小，比天空更大
装满思想和诗句
蜘蛛独自结网，死亡寂静无声

黄　河

历史就是这么匍匐着前进的

九曲回环，浊浪苍茫

有时也站直了身子

仰天一声长啸

融尽了生命的雄浑和悲壮

翻滚一河血的沧桑

黄皮肤的它

草书一个大写的名字，在辽阔中国

起笔巴颜喀拉，落笔渤海惊涛

它的名字叫——黄河

圆明园遗址

昨天，中国历史
在这里轰然倒下
成为一片废墟
遍地残垣断壁
满清王朝，一堆腐朽的骨头

从废墟上站起来的
今天和明天
骨质很硬，腰板很直
稳稳地支撑起
天空和一个民族

柔软的心被两只急得团团转的鸟儿感动

一只我不知道名字的小鸟

不小心，从树上掉了下来

它的羽毛还不够丰满

也许是飞累了，也许是心慌了

它掉下来就再也飞不上去

直把树上的两只鸟儿急得团团转

它们叽叽喳喳地叫着

在树枝间上蹿下跳

树下，看热闹的人越来越多

它们竟勇敢地飞了下来

心急火燎地守在小鸟旁边

我走上前，把小鸟轻轻地捧起来

放到树下一间小屋子的瓦棚上

两只鸟儿这才稍稍松了口气

返还到树上去了

其中的一只，立马又叽叽喳喳跳到瓦棚上

小鸟努力地蹦了几下

还是没能飞上去，顺着瓦棚滚到围墙边

两只鸟儿又上蹿下跳起来

叫得一声比一声急

我当然不懂鸟语

但我知道它们在说什么急什么

接着又有人把小鸟捉到了瓦棚上

这一次，小鸟静静地养了会儿神

稚嫩的翅膀扑棱几下，居然飞了起来

先是飞到树干上，停一停

然后一点一点飞到树枝上，再停一停

两只鸟儿一直在前边不住地叫唤

小鸟终于站稳了脚跟，惊魂未定的它们

带着刚刚脱险的小鸟，急急飞离了我们的视线

我的眼眶湿润了，不得不承认

2013 年 5 月 27 日，这个平常得不能再平常的日子

我柔软的心被两只急得团团转的鸟儿深深感动

我想起遥远的乡下老家

那年逾八旬的父母

当年的我，也是一只让他们如此担惊受怕过的小鸟

　　啊……

动物园里的麻雀

在动物园，最潇洒的是
虎笼里觅食的麻雀

它们偷偷从天外飞来
孩子似的愣头愣脑

虎大摇大摆，不时狂叫一声
小小的麻雀神态怡然

它们不停地吃着食物
吃饱后，翅膀一拍飞走了

虎也吃饱了，就在麻雀觅食的地方
它俯下身子睡觉

一只鸟掠过天际

一只鸟

迅疾地掠过天际

它的鸣叫

深深孤独了秋天

寒霜已降

落叶在飘

小小的路

依旧，迷茫地伸向远方

无法判断

是早晨还是黄昏了

一只鸟扇动着翅膀

掠过天际

带走一颗小小的无助的心

把寂寞的秋沉重的秋

抛在身后

雪

天空说给大地的神圣语言
纯粹
如同少女的情感

风是无法破译的
只有阳光
能够深入雪的内核
感受一种洁净的品格

露珠的早晨

露珠的早晨
从小小的草叶上醒来
一只鸟，两只鸟，无数只鸟
用歌声打开内心的渴望
阳光的薄翼，洞穿永远的黑暗

可是，谁在鸟儿迷路的途中
种满阴谋
从阳光的圣地出发
却被魔鬼蒙上眼睛
远方更远，天空更空

最后一片阳光

尘埃的微笑

露水的微笑

最后一片阳光

开放在上个世纪的大地上

它蹦跳着，欢快无比

最后一片阳光

最后一朵微笑

转眼消失，在大地边缘

照亮一切又带走一切

如同秘密

烟

森林里
鬼火在烧，鬼火在烧
浓烟滚滚
封锁着天空和流泪的眼睛

鬼火的烟
欲盖弥彰
众神齐助
下一场雨
一场大雨

鬼跑啦
烟灭啦
流泪的眼睛
画出彩虹

转身离去

大雨倾盆而下
花朵转身离去

大风拔地而起
绿叶转身离去

转身离去的背影
最后将春天点燃

痛苦是火焰的颜色
壮美是故事的灵魂

面对一张白纸

在夜晚的灯光下
面对一张坦诚的白纸
久久无言

这种感受，你肯定不懂
就像你永远无法理解
一棵树或一块石头的沉默

面对一张白纸
我已不习惯像从前一样表达
我坐着，眼里是静静的泪水……

第四辑

我想珍惜的美好

我想珍惜的美好

我想珍惜的美好
像蔚蓝天空中
一片洁白的云儿
飘着飘着　就散了

我想珍惜的美好
像绿色河流中
一朵红色的小花
打个旋儿　就没了

我想珍惜的美好
像漆黑夜空中
一粒橘色的光亮
风一吹它　就灭了

我用文字
砌成一座最好的纪念馆
唉，我想珍惜的美好
注定只能在诗歌里珍藏⋯⋯

车过保定

火车在保定
停车三分钟
我下车，在站台上默默站一会
然后上车，继续北上

几年前，我曾在这里下车
见过一个叫木木的女孩
从此，这个远方陌生的站台
与我的生命，建立了某种必然的联系

很多年过去了
含苞欲放的木木
早已长大，盛开
我们再也没有见过面

火车长鸣一声，载着我
从辽阔的华北平原呼啸而过
一群羊，在铁路旁
安静地低头吃草……

写在情人节前夕的祝福

你在机场给我打来电话
说你已经到了成都，正在转机去西昌

追寻爱情的道路，曲折而又漫长
数千里阳光，轻轻抚慰着大地无言的悲伤

明天又是情人节啦，窗外
鸟儿成双成对，在树的舞台上舞蹈、歌唱

愿有梦的人，最终获得尘世的幸福
愿你的明天，阳光明媚，内心温暖

眺望一株爱情

淋漓的雨
总把折叠齐整的思念打湿
让我情不自禁地倚窗而立
眺望
那株高过故乡的爱情

古典的爱情，现代的爱情
每天每天
我都用最圣洁的泉水浇灌
它在我的梦里梦外
茂盛得就像春天的样子

透过城市的雨帘
独自欣赏一株鲜活的爱情
目光触摸到了最真实的诗歌
一粒晶莹透亮的露珠
在爱情翠绿的叶片上，轻轻滚动

扎根的幸福

像一滴雨
从天空落下
与别的雨一起汇成河流
奔跑，从日出到日落
我停不下来

像一阵风
从北刮向南
与别的风一起，形成更大的风
奔跑，从远方到远方
我停不下来

穿过天空，是一道迅猛的闪电
穿过草原，是一匹健硕的骏马
穿过森林，是一匹潇洒的雄鹿
没有人知道
疲惫的我，只想停下来

停下来，像鸟儿回到自己的巢
停下来，像沙粒回到沙漠的海

停下来，像游子回到永远的故乡

停下来，像一棵树

稳稳地，静静地

那个让我停下来的人

有一个美丽的名字，叫做——爱人

那个让我停下来的地方

有一个温暖的名字，叫做——家

我停下来，流浪的树叶找到了扎根的春天

七 夕

金风玉露在千年的鹊桥上再度相逢
银河的水声藏不住比思念更长的情话
隐隐月色下，夜蝉还在不知趣地闹着嚷着
让屏息谛听的耳朵感到厌烦

谁说牛郎织女是一个悲凉的传说
相隔再远，毕竟还有刻骨的相思可以传递
生命中能够拥有等待就是一种幸福
只要可以与爱相拥，等待一生也并不漫长

今晚是七夕，静坐高楼之上，对影成双
我无法望见人间天上的美丽鹊桥
不要说一年一度相思苦，苦相思
何人能懂，此番滋味，空有相思无处寄

梅花就要开了

从你
不小心透露的一粒小小秘密
就知道
这风雨湖畔
春天里将要发生的事情

呵呵，别急着脸红
我是逗你的
其实
我什么都不知道……

一种感觉

不经意地，就
被一种感觉团团围住
让我想想，这是一种什么样的感觉
对，是它：若有所失

不知道，我在等待什么
我又丢失了什么
像一棵秋天的树，在渐渐转凉的风中
看似若无其事，心中若有所失……

你的声音

我常常在想
你的声音是什么变成的呢
是春天的阳光，还是夏天的雨滴
让我的情感迅速发芽
在你散发着独特芬芳的土地

我常常在想
你的声音到底来自哪里
来自远处的大海，还是林中的小溪
让我的心
永远像洗过一样纯净透明

你的声音
是一种美丽的召唤，一种神性的诱惑
请允许我沿着电话线爬过去好吗
让我趁着谁都不注意的时候
偷偷地亲你一下
然后回来，然后继续
在白天种植太阳温暖的祝福
在夜晚种植月亮温柔的思念

我庆幸

遇见你的时候
我已历尽沧桑
心，如残秋大地般斑驳
而斑驳的心紧裹着的
爱，毫无缺损
我还可以将它完整地
献给你

爱上你的时候
我已青春不再
日子，在身后落叶般散了一地
而我正值盛年
岁月依然漫长
我还有足够的时间
珍惜你

风，冷冷地吹着

大面积的阳光，迅速退出
本不属于阳光的舞台
一些树木开始裸奔
不知看热闹的麻雀，叽叽喳喳在说些什么

其实，与阳光一起消失的
还有树的影子，和与影子有关的一切
隔着一块透明的玻璃
风，冷冷地吹着今天也吹着昨天

只有树叶轻轻飘落

风撕碎了树的心
树，静静的，什么也不说

它问心无愧
因而无意辩白

它伤得很深很深
所以选择无言的沉默

风撕碎了树的心
树，无话可说，只有树叶轻轻飘落

怀　念

当思绪以闪电的速度
抵达从前
带来一场春天的雨

我终于明白了
所谓怀念
就是一种延续幸福的方式

邂 逅

世界
在火车上变小

找你那么多年
原来，你才离我几步远

往事挂在车窗上
乱了心跳

说什么好呢
一句话太少，两句话太多

告　别

到站了
你默默地
将手中的车票　撕成碎片

在时光静止的桥上
掌心的蝶
徐徐　飞向大河

河水默默地带走它们
像带走一段默默的回忆……

静夜偶拾

脚步声
在门外走来
又在门外消失

这样的夜晚
门，开着或者关着
没什么两样
影子，可以随便出入

好想
伸手摘一片寄情的月色
却一不小心
被黑暗绊倒
跌落了一地相思

第五辑 |
沉默的动词

追　赶

风，追赶着时间
时间追赶着永恒

生活，追赶着我
我追赶着不可知的梦

穿　越

鱼穿越水
鹰穿越天空
青草穿越大地

我
像鱼，像鹰，像青草
假装轻快地穿越
我的一生

消　失

你无意间扔出去的
一粒石子
缓缓地，沉入看不见的水底
这就是消失

你，和所有与你同行的人
在时间中
不紧不慢，进入看得见的生活
这也是消失

抚　摸

我来自南方
习惯了阳光温柔的抚摸

而在北方
我不得不承受——

北方的风沙
这粗粝的抚摸
劈面而来，饱含着爱和暴力
更加接近生活的本质！

看 见

我看见雪是黑的
我看见裹挟着阴谋的风

我看见人群渐渐隐去
我看见鬼在饭桌上跳舞

我看见狞笑着的阳光
我看见张开兽嘴的天空

我看见闪电的愤怒
我看见痛苦的树，捂着眼睛

我看见你也看见的
最终，我们什么都没看见

漂　泊

蚂蚁蹲在落叶上
沿着溪流去远行

歌手坐在过道里
弹着吉他模仿十二月的风声

影子和影子
在每一个相似的夜晚相遇
为一次精神的出走
相互见证

掷

风，把一只又一只鸟儿
掷向天空的尽头

雨，把一片又一片叶子
掷向河流的尽头

时间，把一个又一个人
用力地
掷向生活的尽头

逃

可怖的魔爪
总在身后
紧触着
我们的衣服和肌肤

奔逃一生
累了
就地躺成一块
小小墓碑

忍

岁月
果然是一把
不依不饶的杀猪刀
冷冷地，架在心上
寒光四射

心，只想跳将起来
来个空手夺刀
然后用愤怒，把一辈子
架在它身上作威作福的刀
烧成一堆无用的铁

一声命令
指挥着，血管里的惊涛骇浪
迅速归于平静
千年古树，吞下摧枯拉朽的风
世界如此和谐

掘

钢铁掘进岩石

闪电掘进灵魂

蚯蚓和树根

固执地，掘进大地深处

而谁的手

千百年深深掘进苦难

在历史曲折回环的巷道

留下血的见证

删

清水删去灰蒙的尘埃
岁月删去枯朽的落叶

静夜删去白昼的喧嚣
月光删去多余的黑暗

太阳删去低沉的乌云
闪电删去天空的沉寂

时间，能删去痛苦的记忆吗
就像历史，删去沉重的屈辱？

落

树叶轻轻跳下
露珠躲进草丛

太阳跌入深谷
星星突然熄灭

灵魂走失的过程
从高到低的道路

陷

用尽浑身气力
拔出一只脚
另一只脚
又沉沉地陷下去

两只脚，反反复复
进行着绝望与希望的较量
最后长哞一声
像落日悲凉的感叹

覆　盖

像风沙覆盖大地
猫覆盖自己生产的脏物
我们随时可能覆盖
内心隐秘的真相

覆盖，轻轻或重重的一声
一块磐石隔开
灵魂与现实的内核
啊，虚幻无边无际……

背　叛

鸟儿背叛天空
鱼儿背叛海洋
落叶背叛它最初的枝头

风背叛风
雨背叛雨
谁，不背叛本真的自己

不要再为历史制造谎言
拒绝承认
就是最彻底的背叛

飞　翔

树站立着飞翔
河流奔跑着飞翔

风飘浮着飞翔
石头滚动着飞翔

人思想着飞翔
上帝沉睡着飞翔

一切飞翔都会坠落
唯有上帝抵达最后的天堂

追 问

行走是双脚对大地的追问
飞翔是翅膀对天空的追问

眺望是目光对远方的追问
期待是心灵对未知的追问

而梦，一把充满无限可能的青草
总在前头，是欲望对欲望的追问

风吹草低，生命苍茫
沉默，是存在的现实对永恒意义的追问

回　答

我能告诉你什么
既然青春，是磐石下一株小草的美丽

我能告诉你什么
既然爱情，是湖水中一双水鸟的倒影

我能告诉你什么
既然欢乐，是凝眸时一串泪水的闪光

我能告诉你什么
既然生命，是墓碑上一缕寒风的虚无

呐　喊

沉闷闷地只想呐喊一声
苦涩涩地只想呐喊一声
像一只笼中的虎
恨不得用呐喊咬掉全部的栅栏

很多时候
嘴巴微微地张一张
呐喊却成了一颗打碎的牙
吞下肚去，没有任何回响

虎和我们一起
在现实的笼中踱着步子
偶尔呐喊一声，如巨石滚落
砸伤的常常是我们自己

第六辑

一棵树，倒在走向春天的途中

在木炭市场

大片大片
盛开绿色和鸟鸣的森林
一律乌黑一身面目全非
从麻布袋，再度陷入火坑
痛苦的沉默
与寂静的诗意和温暖无关

这是冬天
木炭即将喷射出愤怒的火焰
伐倒它们的人类
还在市场上讨价还价
没有人能读懂火焰的语言
没有人回头看看
身后洪水滔天漫过家园

麻雀， 麻雀

总喜欢在屋檐下做窝的麻雀
这几年神秘失踪
我的弹弓丢了
稻草人，下岗是必然的

没有麻雀的冬天
再在雪地上
用木棒支起一个筛子
网住的，常常是我们自己

麻雀，麻雀
我用当年伸进雀巢的手
写下怀念你的诗句
空荡的天空，更加空荡

患绝症的小河

死鱼的眼睛
在捕鱼者的噩梦里闪烁

喝够了垃圾和化学农药的小河
不久前，被确诊为癌症

病榻上
小河给送终的人类留下遗言——
救救你们自己！

人类啊， 你的良心太坏

秋眠不觉晓，一觉睡到中午
与彭记者谭记者一起
陪湖南经视的几位朋友
去乾州吃乳猪肉
乾州的乳猪肉是很有名的
跟花垣的性肠一样
迷倒一大片慕名而来的食客

乳猪，顾名思义
就是那尚未断乳的小猪
总觉得这是一件非常残忍的事情
所以一直拒绝去赶这个热闹
但今天我还是去了
那个乳猪店，一座简陋得不能再简陋的平房
在一个很深的巷子内
食客却多得实在令人惊讶
真是酒香不怕巷子深啊

大家一边有说有笑，一边埋头猛吃
佐以湘西特有的糯米酒包谷烧

火锅里面不断飘出乳猪肉的香味
我突然看见老家猪栏里
那些白白胖胖活蹦乱跳顽皮可爱的小猪
他们都还是孩子呀
吃完后我特伪君子地道貌岸然地想
人类啊，你的良心太坏！

一滴泪水

一滴泪水
源于
一截沉思的木桩

那天，影子不慎着火
蚂蚁开始怀念远去的蝉鸣
谁的一声断喝
泪水滴落下来

灼热，晶莹
在阳光下瞬间干涸
风，轻轻擦去它的残迹

太阳风暴

太阳风暴

疯牛一样狂奔乱跑

高温下蒸煮的地球

借一些植物的嘴动物的嘴

喊出内心的痛

疯狂的太阳风暴

使钢丝绳上的世界

再次战栗不已

受惊的眼睛，无奈而又悲愤

天空，红色警报已经频频拉响

无知的人类

还在为自己不停地掘墓

夏天在雨水中漂浮

太阳被雷声赶跑
夏天，在雨水中漂浮

一只蚂蚁
挣扎着爬往高处
让人感叹
生命，到底能够走多远

雨水中漂浮的夏天
古老的船只
逐一沉没
我们无法抵达自己的家园

空中楼阁

车窗外，笔直的树
高高地支起天空
这是冬天，树叶早就掉光了
剩下圆圆的鸟巢
像挂在树梢上的月亮
那是鸟儿们的空中楼阁

铁路两旁
高楼，一栋紧挨着一栋
小小的窗口
露出大大的欲望
一看就像怪兽的眼睛
那是人类的空中楼阁

人类，正在迅速地抢占
原本属于鸟儿们的天空
一场人鸟大战即将爆发
黄昏的翅膀
仍在，缓缓地
扇动着悠闲的诗意

一棵树，倒在走向春天的途中

告别触摸蓝天的梦想
告别悬挂在风中的鸟巢
告别绿色的童话和弹奏四级的琴声
一棵树
倒在走向春天的途中

雪亮的斧子
露出冷冷的笑意
让人们忽略了——
那结实而光滑的斧柄
也曾是树的一部分春天的一部分

动物园

动物园
一所动物们的监狱

虎，有虎笼
鸟，有天网

有一种鹦鹉，不知犯的什么罪
竟被戴上镣铐

比动物多得多的人们
在动物园，不知不觉成为自己的囚徒

废弃的水井

故乡的眼睛
患了白内障
什么也看不见了

谁，能帮助她
修复明亮的时光
重返清澈的童年

死亡与诞生

一架隐形战斗机
在南斯拉夫上空
撒下一枚
死亡的种子

一个孩子
在贝尔格莱德的地下室
呼喊着
诞生

一缕阳光

一缕阳光

轻手轻脚，从窗口进来

无言的问候

爱情一样温馨，令人感动

此刻，那只叫笨笨的小猫

正在床上旁若无人地睡觉

乐于夜晚出游的它

幸福的呼噜，像一首和平圣诗

而阳光照不到的地方

一些人在战火中呼吸困难

一些人在爆炸中化为灰烬

附　录

诗歌帮助我们笑着收拾残局

——读胡建文的诗

吴昕孺

　　和建文相交有年。我们是湖南师范大学的校友，从文学的源头而言，我们都属于异数之列。我读的是政教专业，而建文更了不得，他竟然是一名体育系的学生。时下的诗人中，找一名非中文系专业的一点都不难，哪怕是学理工科的，学美术、音乐的，甚至学计算机的，都不少，但要找一名从体育系毕业的诗人，我想，恐怕就屈指可数了。

　　据说建文的武功了得，我固然不敢试探。我相信，以其目光之精锐、动作之干练以及一身正气凛然，一般阿飞混混都拢不得他的边。按照传统逻辑，这样"四肢发达"的人应该"头脑简单"才对，然而，建文的父母像是先知一样，在他的名字中嵌入了一个"文"字，冥冥中指引着他文武双修。于是，建文威猛含于内，内化成勇；儒雅显于外，外化为慧。建文就是这样，成为了一名缪斯的拥趸，在诗歌的百花园里有了一块自己的地盘。

　　我和建文见面不多，"联系"却不少。拿现在最流行的说法，就是有缘吧。奇妙的是，我们这份缘扯得还挺远，远在宝岛台湾。我们不约而同地成为台北涂静怡女士主持的《秋水》诗刊的作者。蒙静怡女士青睐，我和建文都在《秋水》发了不少作品，应该说，都是她比较重视的诗人。2004

年，我应邀赴台北参加一次诗学研讨会，静怡女士特意向我提到建文的好，说建文是她很喜欢的一个小伙子。后来，静怡女士撰写《秋水四十年》一书，便多次提到建文。

和很多那个时代的诗人一样，建文来自乡村，通过苦读走出绵绵大山，走进都市里的大学校园，从而改变了自己的命运。命运改变了，视野和胸怀都不同了，但作为一个农家孩子的质地却永远也不会改变。像建文这样的人，哪怕在城市里住上六七十年，他骨子里依然是乡土的，是田园的，是属于原野和大地的。所以，那个时代的诗人都是"新乡土"诗人，奋斗可以让他成才，幸运可以让他发迹，岁月可以让他变老，但无论如何，都改变不了他的一身"土"气。命运的轨迹是离乡村越来越远，而灵魂的步子却是不断走向家园，回归故土。正如建文在诗中写道的："所谓怀念/就是一种延续幸福的方式。"

建文诗集里的很多作品，便是怀念童年、惦念父母、想念故乡那一方水土的产物。谁不对故乡怀着一片深情？作为一名诗人，情致不成问题，表达的别致才是关键所在。我们读过多少写父母、写故乡的诗篇，无不用情很深，但为什么读起来总不打动人，总觉得千篇一律？就是因为大量的乡土诗歌的表现方式大同小异，它们缺乏富有包孕性和爆发力的节点，无法叩击读者的内心以引起共鸣。建文的乡土诗歌在用情之余，还用上了智。殊不知，智性在以抒情为己任的诗歌创作中，是至关重要的一个角色。

同样是朴素的口语化创作，建文是这样写自己父母的：

"因为劳动/母亲，长成最动人的女子""临走时，我用录音笔/录下了妈妈的叮咛/却怎么也录不下爹的沉默……"

这两句摘录于不同的两首诗。第一句中的"劳动"这个词语再普通不过，"动人"这个词我们也经常用，但将"劳动"与"动人"串连起来，一起放在母亲身上，"母亲"的形象便鲜活了。第二句成功的关键在于使用了"录音笔"这个意象。将"妈妈的叮咛"与父亲的沉默相比照，在乡土诗中随处可见，但建文别出心裁，他用"录音笔"来衔接两者，"录不下爹的沉默"便给人以强大的心灵冲击。而且，第一句说的是"母亲"，体现出一种庄重感；第二句说"妈妈"和"爹"，表达的是一种亲情中的关切。这都可以看出诗人在细部处理上的精当与用心。

还有一段也让我印象深刻："今天，我怀着村庄一样平静的心情/接受了无法拒绝的秋风的消息/老家隔壁的两个女人/相继死去/一个不算太老，一个还很年轻。"

怀着平静的心情，接受一个无法拒绝的消息。这种比照能构成一首诗的内核，寻常作手基本上能做到这一点。建文妙就妙在用"村庄"来形容"平静"，看上去落笔于平静，实则重心在"村庄"——一个历经古老沧桑，在世事纷繁中变得几近麻木的"村庄"，被建文用最为经济的笔墨移到了腕底；再用"秋风"来形容那个无法拒绝的消息，平添萧瑟之气，为后面两个女人的死做了铺垫。

前两句已经写得很好了，却还不是高潮。后面怎么办？这种时候，最能见出一名诗人的身手，而建文是胸有成竹的。这一"秋风"送来的消息里面是死亡并不奇怪，奇怪的是"两个女人/相继死去"。诗的内容，说明死亡在村庄是家常便饭，人们已见惯不怪。但诗人故意使用一种"平静"得近乎冷漠的语调，以呼应第一句"村庄"的平静，反而产生了意想不到的震撼效果。最后一句"一个不算太老，一个还很年轻"则将这种震撼效果推到极致，让人在貌似平静中体味诗人的内心风暴，从而涌起一股难以言说的、深重而久远的悲哀。

上面简单剖析了建文的几个诗句，在这本诗集中，这样的作品还有不少。比如《空杯子》《空房子》《诗人的居所》《一棵树，倒在走向春天的途中》等，都是我非常喜欢的诗歌。当然，我也觉得，建文这本集子里的作品还有些参差不齐，个别地方写法较为老套，抒情稍显直白，表现略微单调。这没有关系。没有哪位诗人，能把每一首诗都写成精品。

最重要的是，我们始终热爱诗歌，哪怕诗人的居所只有"一扇低矮的门"，哪怕诗歌"瘦成一把扇子，比风更轻"，我们都毫无惧意，从不后悔，因为诗歌本身就是一种纯粹的生活。

诗歌对于人生，就像阳光，"只有阳光/能够深入雪的内核/感受一种洁净的品格"。建文写了一首《人生》，只有两行：

生活总把梦想击碎，

我们笑着收拾残局。

我想，诗歌，就是那种帮助我们"笑着收拾残局"的东西吧。

（吴昕孺，著名作家、诗人，湖南省教育报刊社编审，湖南省诗歌学会副会长）

诗歌，是献给众生的祷词

——胡建文诗集《天空高远，生命苍茫》读后感

刘　年

1

一直认为，我们最缺乏的，是诗意地栖居在大地上的能力。

胡建文每周都会和他的学生们一起，在吉首大学风雨湖畔的那几棵柳树下，朗诵诗歌，风雨无阻，这是我欣赏胡建文的主要原因。

我认为，在物欲横行的年代，这是一种修行，一种布道，或者说是一种拯救。

2

诗，你一旦用心地写了，那么它就是你的镜子。

看到胡建文的诗集，就等于看到了他。干净，阳刚，正直，微笑，一尘不染的白衬衣。

他的诗风格和题材都比较多样化。大致可以分两类。一种是抒情的成分多一点的。这类诗的代表作是《天空高远，生命苍茫》。有经验的诗人都知道，诗中忌用大词。大词因

为太大，不容易绑紧，成为诗歌有效的一部分。当你没按住的时候，大词让诗歌像口号或者气球一样，游离在半空，华而不实，大而不当。这首诗中，大地、天空、生命都是大词，却一一被胡建文用想象和气蕴，生生地按住了。大词一旦被按住了，就会让诗歌辽阔，高远，如空谷霜钟，撞击人心。

一种是侧重于叙事的，其代表作《跟着父亲上山》。"听说父亲在地里种了很多树苗/我特地回家一趟/欣赏父亲的劳动成果//一路上都可以看到坟墓/父亲一一给我指点/说这是谁，那又是谁/这些人我都见过，有的还很熟悉/我平静地听着/在心里跟他们默默地打着招呼/就像他们还活着/只是换了一个地方相见//八十岁的父亲，带着我/走遍了我们家的每一块自留地/并一再叮嘱我，不要忘了这些土地/父亲跟我说这些的时候/非常认真/仿佛是进行一个庄严的交接仪式"。每一句都是贴着地面走的，踏实，朴素，实在的、冷静的叙述，不动声色，也没有任何投机取巧的华丽和技巧。但在文字后，我看到了对亲人的爱，还看到了作者对死亡的尊重，对生命的赞美。

好读好懂，可能很多人认为是胡建文诗歌的优点，在我看来他走得过了。诗意，大多数的时候，是文字没有讲出来的那一部分。都讲出来的，就不是诗了。我想，这与他的教师的身份有关，他的很多诗都是以老师的口吻写出来给学生看的，有灌输，有辩白，这导致了他的一些诗歌主题先行，复杂性、渗透性、弹性和张力不够。

我认为，诗歌，应该是写给自己、给情人、给知己、给黑夜和灯盏的倾诉。

3

那天，在风雨湖畔，我和同学们在一起读诗。

余秀华得知母亲重病的消息，整个人都崩溃了，先行离去。没有话筒，需要很大声地念，我几乎是拼尽了全力，念余秀华的《父亲》。天阴沉沉的，下着小雨。

胡建文给我一把伞，我拒绝了。

喜欢湘西的雨落在脸上的感觉，不冷，黏黏的，像泪。

那一刻，我真觉得诗人就是巫师，而诗歌，是献给病人的祷词。

4

我认为，一个诗人最重要的一首诗，是他的人生。

这首诗写得好与坏，很大程度上决定这个诗人的成功与否。胡建文写得最好的一首诗，恰恰是他的人生。他曾带领学生在吉首花垣等地进行义演，为拖板车筹钱救子的市民张义玉；他目不识丁的母亲，记得他多年前出版的第一部诗集的名字；他有一身好武功，好打抱不平，年轻时，曾像欧阳锋一样，倒立着走下岳麓山……最重要的是，一位高考失利的女孩，看到他的书，放弃了自杀的念头，返校复读，并考上了一所重点大学，开始了一个崭新的人生。

　　胡建文的文字，真成了拯救生命的祷词。

5

　　愿屋檐保佑燕窝；愿青苔保佑石头，愿土地保佑根。
　　愿口罩保佑新年还在雾霾中值勤的交警，愿锈保佑铁。
　　愿白纸，保佑黑字。

（刘年，著名诗人）

春天，这奔跑的火焰

刘永涛

和胡建文兄最初的相识，缘于诗歌。

许多年了，我们的学生时代早已远去，而那些与诗歌有关的记忆，未曾泯灭尘烟，吉光片羽渐成珍酿。只是轻易地，不敢、不愿、不能触摸。但在某些漫不经意的时分，那些零落的片段和纯粹的细节，又总会轻盈而固执地袭来。一如在这个三月的雨天，草长莺飞的季节，邂逅建文结集的诗歌，眼前霎时一片明亮，那些遥远的大地、原野、麦浪、天空、故乡，此起彼伏，纷繁而至。

我内心极深处的某个部位，悄然苏醒，一种潜藏的惦念开始释放，奔跑。

我想起和建文最早的相遇。

大约 2002 年，在吉首大学中文系念大二时，我在图书馆的一本杂志上，读到建文的一首诗歌和简介。蓦然发现，在同一所大学校园，一位可以将诗歌写得令人惊讶的创作者，竟然在体育系做老师。后来知道，建文原本即是习武出身，长于武术之乡娄底新化，学于湖南师大体育学院，也是对口了。但能将诗歌写得绵长浑厚兼有硬朗锋利，着实让人不敢小觑。

不过那时，我只是一个进入大学校门一年有余的学生，一个执著的诗歌练习者，一个如饥似渴的文史典籍阅读者。

没有冒昧地去向建文求教，而是静静地读他不时发表的作品。

"大地向南，我向北/风声向南，我的心音向北/大片大片奔跑的水稻，大片大片奔跑的玉米/大片大片奔跑的麦子，大片大片奔跑的云朵/天空高远，生命苍茫"。当读到《天空高远，生命苍茫》这首诗歌，我坚定地相信，建文作为诗人的质地和格局，已然成形。

大开大合，大象无形，大音希声，个体生命在无垠时空中的虚无和抗争，无限渺小与无比庞大之间错综纠葛的强硬张力，立体铺陈绵绵不绝。

"让我忘记从前，忘记现在和未来/忘记所有飞速来临又飞速撤退的事物/让我忘记生，忘记死，忘记一切/就这样慢慢抬起头来，平视或者仰望/天空高远，生命苍茫"。凌空高蹈却又力道千钧，以喷薄而出之势，将快与慢、生与死、从前与未来这些宏阔的、虚妄的话语，恰到好处地黏合，产生巨大的势能，那是诘难、审视、隐忍、笃定、前行，那是诗人建文沉郁、悲悯、厚实的胸怀和气质。

建文这首早期的代表作品，定格了那时我对他诗歌的基本认知。

抒情的基调贯穿他的创作始终，那种热烈和奔放，明快和清丽，以及近乎天然的沉思和追问，异常醒目。在《内心的冬天》《一片叶子落在头顶》《一场暴雨穿过内心》等作品中，抒情言志可谓淋漓尽致。

2000 年代，中国诗坛众声喧哗。民间立场、知识分子写作、下半身写作等旗帜漫天招展，论战此起彼伏。与炙热喧嚣、权力话语保持必要的距离，其实是建文诗歌的另一个底色。他不为潮流所动，"口语派"或"学院派"皆非圭臬，他栖身湘西，以足够的耐力和勤奋，建立个体的诗歌谱系，构筑独有的诗性家园。

在这个意义上，我们读建文作品《诗人的居所》，别有境况。"那以高价租来的/大约五平方米的空间/勉强装得下一个诗人/和比诗歌更纯粹的生活//诗人的居所/比蜗牛更小，比天空更大/装满思想和诗句/蜘蛛独自结网，死亡寂静无声"。对诗人身份尊严的孤独求索，以及剥离诗人身份之外现实生活的巨大惯性，沉潜交织，抑扬顿挫。这是是诗人建文的低吟呐喊，亦是一首汉语诗歌的力量所在。

生于 20 世纪 70 年代，通过求学苦读走出乡村，而后到长沙、北京等闯荡，再回归湘西吉首。建文人生追寻的足迹，成为他诗歌内在的一条脉络。这脉络的一端，则牢牢被故乡牵绊。建文在诗歌中怀想童年岁月，思念父母亲人，临摹故土家园。他连缀那些支离破碎的美好，他拼盘那些隐匿沉沦的诗意。

建文在《父亲》中这样写："父亲不怕死/一个死字，我们常常忌讳/可从父亲的嘴里吐出来/像吐口烟一样随便/喜欢跟我们讨论，死后葬在哪里最好/打棺材的时候/硬要躺进去试试，看舒服不舒服"。看似不动声色，一种直抵灵魂的温暖和爱意已经弥漫开来。

而在《再别故乡》中，还有这样的神来之笔："临走时，我用录音笔/录下了妈妈的叮咛/却怎么也录不下爹的沉默"。

建文的诗歌之根深植故土家园。乡土情结，是他挥之不去的文学纽带。对于以乡土为叙述中心的诗人而言，它既是创作主体现实生存状态的参照，也是其精神世界外化的载体，昭示着诗人对自身文化身份的归属与认同。

在建文的笔下，最朴实甚至土得掉渣的乡土生活，极具文学抒写的价值。《唉，故乡》《故乡来电》《来自村庄的消息》，无一不是如此。建文对他置身的乡土世界有一种本真的依恋，那里，是他曾经的生存时空，是他创作的最初源泉，与此同时，他又自觉地保持着审视批判的眼光，或者说，面对自己生存的周遭世界，他处于一种笃信与怀疑的双重矛盾之中。

"今天，我怀着村庄一样平静的心情/接受了无法拒绝的秋风的消息/老家隔壁的两个女人/相继死去/一个不算太老，一个还很年轻。"(《来自村庄的消息》)

在这里，"哀愁"已成他诗歌创作的一种情感内核，苦闷、悲悯如影相随。

不过，现实生活中，建文非常乐观。他总是面带微笑。

我还记得，2003 年的一个下午，我曾和诗歌伙伴红雪子（张斌）到建文家做过一次拜访，并在那里吃了晚饭。那次，建文送了我们诗选《词语的盛宴》，其中有建文的作品。

那是大学四年我唯一一次近距离走近建文，聆听他的诗歌人生。

那时，我和红雪子正将吉首大学"潜流"文学社团火热地推动起来，主编的同名杂志《潜流》在当时国内多所高校中风传一时，我和红雪子、惺惺等加入到当时声势渐隆"80后诗群"中，一时雄心高涨，誓要折腾出一些动静。

建文暖暖的笑意，让我们印象深刻。我曾设想过请建文一起主持文学社团的《潜流》杂志和《西楚文学报》，但尚未付诸行动，便放弃了。进入大三下学期，我将主要的精力都集中到来年的考研准备上。

从那时起，诗歌，连同导师田茂军教授的叮咛，我开始隐藏起来。待毕业后，便进入真实而迫切的现实生活。曾经梦想的风流，悄然被雨打风吹去。

但建文却在无限地逼近他的诗歌理想。他已出版多部著作，眼下，精选的诗集也要付梓面世了。他恋爱结婚，升级做爸爸，他事业不断攀高，是幸福的动力，亦是创作的源泉。

而今，读建文诗歌，很多句子，仿佛就是在写当年的另一个自己。比如，他在《追赶》中写："风，追赶着时间/时间追赶着永恒//生活，追赶着我/我追赶着不可知的梦"。

更多的时候，是疼，是痛，是咬紧牙关的坚守，是奋不顾身的爆发。建文的表达锋芒毕露，张力十足："沉闷闷地只想呐喊一声/苦涩涩地只想呐喊一声/像一只笼中的虎/恨不得用呐喊咬掉全部的栅栏//很多时候/嘴巴微微地张一张/呐喊却成了一颗打碎的牙/吞下肚去，没有任何回响//虎和我们一起/在现实的笼中踱着步子/偶尔呐喊一声，如巨石滚落/砸伤的常常是我们自己"。（《呐喊》）

这声声"呐喊"，其实正是无数个体内心的挣扎、无力、孤独，含泪蘸血的破壁突围。以"虎""栅栏"作意象，坚硬如水，隐喻内在世界的冲突与博弈，凸显个体具有普世性的生命体验。

在传媒江湖辗转经年，我早已疏离诗歌现场，迟钝于对诗歌的感知和理解。但在这个春天，建文用他累积的心血之作，终究燃起我内心深埋的一颗种子。

他的诗歌，即便忧伤也能明媚，纵然深沉也有光芒，是我眼前熊熊奔跑的火焰，烛照我们隐秘的灵魂沟壑和生活的柴米油盐。

我们模式化浅薄化的情感节奏和几乎没有喘息的步履，是时候注入一点点诗意了。

正如建文诗歌的告白："行走是双脚对大地的追问/飞翔是翅膀对天空的追问"。

我想，即使无法飞翔，也仍需继续行走。

和建文相识相知十多年了，愿清澈的友谊长在，愿美好的诗意亘古不变。

（刘永涛，青年作家、诗人，《三湘都市报》副总经理）

浅谈胡建文诗歌的抒情性

汤　凌

胡建文是 20 世纪 90 年代全国闻名的校园诗人，被当时的诗歌媒体称为"驾驭青春的骑手"。1996 年，我们因文学结缘；2004 年左右，我们曾经一起主办过文学网站；2005 年又在一起同事过。近日，收到他即将出版的诗稿，读着他从二十多年诗歌创作中精选出来的 100 首诗歌，读着他的心路历程，如晤故人，很是感怀。

胡建文的诗歌以抒情见长，时而忧郁，时而沉思，时而明快。在这里，我想撷取诗稿中的部分诗歌，来谈谈胡建文诗歌的抒情性。

诗稿的第一篇，便是我十几年前读过的《天空高远，生命苍茫》，如今重读，别是一种感受，一番滋味。这首诗的巨大张力，穿透了我们之间的岁月，也穿透了落在众生间的时空之帷。

后现代化的社会，一切都是碎片化和精确化的，在这种土壤环境里，当下的诗歌写作，也在一步一步走向精确化和细节化，传统模糊化的抒情写作方式越来越不为诗人接受。在夯实的精确化叙述式的冷抒情与传统的模糊化的抒情之间，如何找到一个平衡的着力点，是当下诗歌的写作难度之一。要找到这一平衡点，取决于对事物的感受力和用文字准确捕捉感受的能力。

《天空高远，生命苍茫》一诗，作者以敏锐的感受力，成功地捕捉到了生命在时空交错中虚无而无奈的感受，以高蹈的虚词和生活中的实物相结合，对人面对时空的渺小和无助进行呈现和理解：

大地向南，我向北
风声向南，我的心音向北
大片大片奔跑的水稻，大片大片奔跑的玉米
大片大片奔跑的麦子，大片大片奔跑的云朵
天空高远，生命苍茫

一只小鸟，画出一道有力的弧线
一块墓碑，两块墓碑，无数墓碑
站立着，深深切入土地的诗篇
田间或原野里劳作的人，渐大渐小渐淡渐无
天空高远，生命苍茫

让我忘记从前，忘记现在和未来
忘记所有飞速来临又飞速撤退的事物
让我忘记生，忘记死，忘记一切
就这样慢慢抬起头来，平视或者仰望
天空高远，生命苍茫

在这首诗里，作者运用了大量诗歌写作中所忌讳的大词和虚词，如"大地""现在""未来""天空""生命"等等，如果处理不好，这些词对诗歌是大伤害，但作者以"水稻""麦子""小鸟""墓碑"等实词，以"奔跑""站立""飞速撤退"的感受力，通过反复吟咏，把虚无时空的动静感和不可捉摸性完美地呈现出来，却又让人更觉虚无。这首高蹈的诗歌，每行每段，看似无着力点，却在整体上成功地营造出渺小生命在时空中飞速流逝的苍茫氛围，表达了作者沉郁而又豁达的心境和悲悯生命的情怀。这首诗歌及这类诗的写作，无充沛的情感积蓄、深厚的创作功力和感受力是难以做到的。读完此诗，不由想到陈子昂的《登幽州台歌》：前不见古人，后不见来者，念天地之幽幽，独怆然而涕下。什么也没有，什么都包含在内，这就是这首诗的迷人之处。我想，作者在写完这首诗时，应该会有一种成就感，不仅仅因为他释放了自我，也因为他的写作方式在此诗中得到实现。

但胡建文对抒情诗写作的追求，不限于此。《天空高远，生命苍茫》是凌空高蹈的成功之作，但如果诗人一旦形成此种写作惯性，则容易掉入泛滥抒情的陷阱，而沦为伪抒情。胡建文在高蹈的抒情的同时，也把笔转向现实社会，转向身边的事物，抒情的方式根据作品的需要而不停变化。

有轻抒情。偶遇，阳光淡如菊的黄昏，独自怀想旧时光，诗思在平宁的瞬间滑过，如《车过保定》：

火车在保定

停车三分钟

我下车，在站台上默默站一会
然后上车，继续北上

几年前，我曾在这里下车
见过一个叫木木的女孩
从此，这个远方陌生的站台
与我的生命，建立了某种必然的联系

很多年过去了
含苞欲放的木木
早已长大，盛开
我们再也没有见过面

火车长鸣一声，载着我
从辽阔的华北平原呼啸而过
一群羊，在铁路旁
安静地低头吃草

在站台停留的瞬间，我们看到一个诗人心中怅然若失的波澜。站台依旧，人已不再，每一个时空点都与我们时刻"建立了某种必然的联系"，但我们也必然是被事物抛弃的过客。此类型的诗歌在作者的诗歌中占比不少，如《一个冬天的上午》等等。

有基于叙事的冷抒情。如果说前两种抒情方式尚有古典主义的传统，那么冷抒情则是现代性的（当然，我们绝不能以是否"古典"或"现代"评论诗歌好坏）。如《柔软的心被两只急得团团转的鸟儿感动》，作者以准确的叙述产生诗歌审美，在诗中不厌其烦地着重描述两只从树上掉下来的小鸟的处境，以及围观者的种种行为，把动物与人的关系和天性，展现得淋漓尽致：

> 两只鸟儿又上蹿下跳起来
>
> 叫得一声比一声急
>
> 我当然不懂鸟语
>
> 但我知道它们在说什么急什么
>
> 接着又有人把小鸟捉到了瓦棚上
>
> 这一次，小鸟静静地养了会儿神
>
> 稚嫩的翅膀扑棱几下，居然飞了起来
>
> 先是飞到树干上，停一停
>
> 然后一点一点飞到树枝上，再停一停

是的，读完此诗，不得不承认，我们柔软的心都被两只急得团团转的鸟儿深深感动！这类诗歌在诗集中也有不少，如《笑话》《在木炭市场》《人类啊，你的良心太坏》等。而《人类啊，你的良心太坏》一诗中，作者在正面批判中，还运用反讽的手法，凸显了人对动物的残忍无耻：

> 大家一边有说有笑，一边埋头猛吃

佐以湘西特有的糯米酒包谷烧

火锅里面不断飘出乳猪肉的香味

我突然看见老家猪栏里

那些白白胖胖活蹦乱跳顽皮可爱的小猪

他们都还是孩子呀

吃完后我特伪君子地道貌岸然地想

人类啊，你的良心太坏！

　　胡建文从小习过武，做过木工，后就学湖南师大体育系专攻武术，毕业后有过一段时间的北漂经历，从事过不少行业，现在在高校任教，是吉首大学副教授。所以他的诗歌写作，题材比较宽泛。丰富的人生经历，写作方式的多样性，决定了他的诗歌的多样化。总的说来，胡建文的诗歌中，不仅有对亲情、爱情、友情、人生的感怀，也有对现实社会的呈现与批判。胡建文诗歌的抒情根植于对他者的爱，所以他的诗歌总能保持着清澈、透亮的优秀品质。

　　与胡建文相识二十年了，时间过得真快，想想都让人感慨，所幸诗歌不老，生命里诗意长青。祝愿他的诗集热卖。

　　（汤凌，青年诗人，湖南省诗歌学会理事）

回过头去再看， 看到的是另一个故乡

——胡建文诗歌阅读札记

刘泰然

让我们从这首诗开始，看看诗人是怎样体悟生命、存在的：

> 一条黄昏小路
>
> 走着我和一只蚂蚁
>
> 我停下，蚂蚁也停下
>
> 熟人一般礼貌地让路
>
> 绕道而行
>
> 走在一条路上的
>
> 不是好朋好友
>
> 就是难兄难弟
>
> 我们心有灵犀地互望一眼
>
> 没说话
>
> 然后我走蚂蚁也走
>
> 当我回过头去再看时
>
> 蚂蚁的黑
>
> 早已融入了

无边无际的

黑夜的黑

——《与一只蚂蚁相遇》

　　诗歌开头用平实的语言呈现的似乎是一个具体的、日常的场景：黄昏的小路，"走着我和一只蚂蚁"；但值得指出的是，这里不是"我和一只蚂蚁走在黄昏的小路上"，而是小路上走着我和一只蚂蚁。这里有微妙的语意的区别，前者将我和蚂蚁作为"走"的主体凸显出来，而后者则似乎让"我和蚂蚁"的行走更自然地托付给"黄昏的小路"，仿佛是道路在驱动着"走"的行为。这种"走"的动作便不是一种纯粹主观的决断，而是来自于人与道路的相互牵引。我和蚂蚁被道路牵引而走到了一起，但这条"小路"也许是无穷无尽的道路网络（大道）的一个小小的分支，在这种这纵横交错的道路和这样一个时间（黄昏）中，"我"的道路与蚂蚁的道路重叠了，就像诗的题目所说的"我"在这里"与一只蚂蚁相遇"。但此时又有着一种不平常的东西：并不是所有的人都容易和一只蚂蚁"相遇"。你也许遇到过一只蚂蚁，但"遇到"是一回事，问题是你能否和你"遇到"的那只蚂蚁"相遇"。"遇到"是人和物的关系，而"相遇"才是生命和生命之间的缘分。还不只是缘分的问题，因为缘分奠基于大道，或者说奠基于生命最本源的气息相投。蚂蚁在造物的序列中似乎太微不足道了，我们何尝注意到一只蚂蚁的存在也是一种生命的存在。但诗人却"以物观物"，把"我和蚂蚁"并列齐观，似乎是两个生命个体在各自的行旅中的萍水相逢，于是"我停下，蚂蚁也停下"。两个"停下"的动作看起来微不足道，我们常常也会在行走中停下，或者是因为遭遇了障碍，或者是一瞬间的出神，或者是某物引起了我们的注意；但在这里，"停下"却不是由于一种障碍也不是一种简单的好奇，而是一个生命为另一个生命的驻足。

而且更进一步，他们"熟人一般礼貌地让路/绕道而行"，这偶然的相逢却像熟人一般，这种熟悉不是日常经验意义上的熟络，而是生命与生命之间一种最原始的熟悉与亲切。诗人回到生命最本来的那样一种质朴和单纯，只有在这种赤诚相待中，才会有这种熟悉，也才会有"我和一只蚂蚁"之间的相互的尊重。由此，这条小路也是一条通向生命和心灵的本源的道路。在这里，不是"我"发现"蚂蚁"，并把"蚂蚁"提升到人的位置，而是"蚂蚁"给了"我"发现"我"的机遇。

诗人继续推进对我与蚂蚁那样一种本源关系的洞察："走在一条路上的/不是好朋好友/就是难兄难弟"。"好朋好友"强化了前一节点出的"熟人"的意涵。而"难兄难弟"则更在这种熟悉、亲切的内涵中注入了生命苦难的意识，也包含着一种对存在本身的领悟。蚂蚁的形单影只与诗人的孤独，蚂蚁的卑微与诗人对受难者角色的体认，诗人从蚂蚁身上认识自己，惺惺相惜。或许，也只有自觉将自己与所有弱者、受难者放在一起，才能打破生命的种种遮蔽形式，直观到发生"我"和"蚂蚁"之间那种生命的感应。这种相遇如此本源，以至于"我们心有灵犀地互望一眼/没说话/然后我走蚂蚁也走"。我们为一个萍水相逢的生命而驻足，而互望一眼，不需要语言，然后继续行走。生命的相逢与相契，驻足与离开，各奔东西，人在旅途的种种经验，都包含其中。

但这种缘分总是让人在剩下的道路中忍不住再次回首，回望那些与你在黄昏的小路上有过交错的生命，这是一种珍惜和眷念，诗人由此将一种抽象性引入了具体之中，进一步推进了诗歌的主题：

当我回过头去再看时
蚂蚁的黑
早已融入了
无边无际的
黑夜的黑

从交错而过到回头凝望，中间的时间或许很短，不至于一回头就成了黑夜。但诗歌在这里不是一种写实，而是借助一个相对具体的场景来抵达更深奥、抽象的生命问题。在写法上诗人将具体与抽象、日常与神秘结合了起来。最后一节是在具体的场景中，这是一个不断抽象的过程，蚂蚁是具体的，蚂蚁的黑就相对抽象些，但它仍然具有某种具体性；黑夜相对于蚂蚁而言要抽象些，它可以变为一个象征或隐喻，但它仍然具有某种具体的时间属性；但"黑夜的黑"则将

"黑"本身从具体物之中逼迫了出来。黑夜是具体的，现成化的，黑夜的黑一下子将这种具体的、现成化的层面扩展到一种对存在本身的领悟。蚂蚁的黑和黑夜的黑变成了混而不分的"黑"本身，这是一种更本质的"黑"。或许，"我"在这条道路上遇到的那只"蚂蚁"，同时也是另一个"我"？也许我们每个人在自己的生命历程中都需要与这样一只命中注定的蚂蚁"相遇"，并在后来的日子"回过头去看"，以认识本来的自我，认识世界与生命本身的底色——"黑"。这种"黑"是生命本身的幽暗与神秘，是所有的黄昏"小路"所出入的"大道"，是黑暗的大地本身。正是这条黄昏的小路带领着我们去探寻存在本身。

我觉得，一位能够以那么大的敬意来写和一只蚂蚁的相遇的诗人，他的内心一定能够包容天下万物。"在夜晚的绿歌小室/我还邂逅一位青蛙兄弟/其时我正在高声朗诵一首诗歌新作/青蛙兄弟仰脸呱呱地评论了几句//据说高校今年要加工资了/房子也一定会越住越好的/可青蛙兄弟还会来听我朗诵诗歌吗/高兴之余，又平添了一丝伤感的情绪"（《我在大学教书》），"我"与青蛙称兄道弟，这种赤子之心让人感动。我想，这种态度中包含着人的最本来的单纯和善良，诗人一定有一颗柔软的心。在另一首诗中，"我"对那只从树上掉下来的羽翼未丰的幼鸟提心吊胆，"树下，看热闹的人越来越多"，"我"感受到树上两只老鸟的焦急，看到"它们竟勇敢地飞了下来/心急火燎地守在小鸟旁边"，然后，"我走上前，把小鸟轻轻地捧了起来/放到树下一间小屋子的瓦

180

棚上"。诗人用细致的语言叙述了小鸟是怎样经过一番反反复复的折腾而最终飞了起来的,"我"对两只老鸟的全部担忧和牵挂感同身受:"我的眼睛湿润了,不得不承认/2013 年 5 月 27 日,这个平常得不能再平常的日子/我柔软的心被两只急得团团转的鸟儿深深感动/我想起遥远的乡下老家/那年逾八旬的父母/当年的我,也是一只让他们如此担惊受怕过的小鸟啊……"(《柔软的心被两只急得团团转的鸟儿感动》)

我想,在诗人的心中,万物本无所谓高贵与低贱,一只蚂蚁、一只麻雀也自有它的尊严,他以温暖的目光打量着一只小小的麻雀在老虎边上觅食的那份自得与从容:

在动物园,最潇洒的是
虎笼里觅食的麻雀

它们偷偷从天外飞来
孩子似的愣头愣脑

虎大摇大摆,不时狂叫一声
小小的麻雀神态怡然

它们不停地吃着食物
吃饱后,翅膀一拍飞走了

虎也吃饱了，就在麻雀觅食的地方

它俯下身子睡觉

——《动物园里的麻雀》

或许，在诗人的内心一直生活着这样一只小小的麻雀，潇洒、天真、怡然，这只麻雀和老虎一样是尊贵的。以这样一种心灵来体量万物，来观照人间的悲喜，诗人对生命中的幸福与苦难具有同等程度的深刻感受。

诗人的心太柔软，有着太多的对身边人、身边事的情感的倾注，他试图珍惜、挽留他所遇到的一切美好事物。但当代生活的偶然性、复杂性、流动性要远远超出传统社会中那样一种时序推移带来的人事变化；今天我们置身其间的生活包含了太多的不可把握、不可预知、不可挽回的不稳定性和脆弱性，诗人对此无疑有着更深切的体会，这一切也构成了他在过去与未来、生与死、此地与彼地、城市与乡村之间的内心的反复撕扯和不能自己；距离感、迁逝感、转瞬即逝无法把握的美好、相逢与离别，都是他反复书写的主题。它表现为生命的抛掷、离别、错失，体现为一种无家可归的行走与漂泊的经验，一种生命深处的动荡不宁，等等。如："大雨倾盆而下/花朵转身离去//大风拔地而起/绿叶转身离去"（《转身离去》），又比如："我想珍惜的美好/像蔚蓝的空中/一片洁白的云儿/飘着飘着就散了//我想珍惜的美好/像绿色河流中/一朵红色的小花/打个旋儿就没了//我想珍惜的美好/像漆黑的夜中/一粒橘色的光亮/风一吹就灭了"（《我想珍惜美好》），"最后一片阳光/最后一朵微小/转眼消失，在大地边缘/照亮一切又带走一切/如同秘密"（《最后一片阳光》），诗人以一系列动词来更集中和深入地思考这种生命本质的不稳定、脆弱及不由自主，如《追赶》《穿越》《消失》《漂泊》《逃》《掷》，等等，都是一种更直接的对本质性问题的叩问。

我想，也许诗人作品中那种"在路上"的强烈体验都源自诗人对"根"和"本"的不能忘怀。对"根"与"本"的深切感情以及对这种"根"与"本"的逐渐的丧失所产生的种种隐痛与执念，是很多中国"70后"诗人的共同心理。这些诗人中有很大一部分童年、少年时期生活在乡村，在将近成年时则背井离乡在都市中求学、工作，而从90年代到今天，中国的城乡结构、中国的乡土社会经历了前所未有的历史变迁。诗人也是如此，我想乡村在他那里不是一种想象的诗意，而是一种切身之痛，是血管里流动的血液，是心脏的跳动，是呼吸，是他生命与精神的底色，也是他在这个世界上安身立命的意义之源。乡村培养了他对善恶的基本判断，对美感的基本意识，也让他的诗歌带有某种强烈的乡土美学风貌。乡土是诗人的"根"与"本"，但乡土社会在当代的变迁、转型也构成了诗人对生命的偶然性与不稳定性的强烈感受，让诗人对从乡村到城市的种种空间反差，对这个时代在时间上所造成的急剧变化，对时代的加速度有着异常的敏感：

大地向南，我向北

风声向南，我的心音向北

大片大片奔跑的水稻，大片大片奔跑的玉米

大片大片奔跑的麦子，大片大片奔跑的云朵

天空高远，生命苍茫

一只小鸟，画出一道有力的弧线

一块墓碑，两块墓碑，无数墓碑

站立着，深深切入土地的诗篇

田间或原野里劳作的人，渐大渐小渐淡渐无

天空高远，生命苍茫

让我忘记从前，忘记现在和未来

忘记所有飞速来临又飞速撤退的事物

让我忘记生，忘记死，忘记一切

就这样慢慢抬起头来，平视或者仰望

天空高远，生命苍茫

——《天空高远，生命苍茫》

这首诗中同样有那种一贯的动荡感，那样一种生命在过去与未来之间、起源与终点之间、生与死之间没有定下来的感受，但在这里这种"在路上"的主题与一种速度感联结在一起。这种速度感包含着一种相反方向的运动：一南一北。我不知道这首诗写于何时，我猜出应该是 90 年代后期到新世纪之间，可能与诗人在秋天坐火车从湖南到北京求学的经历有关。那个时期也是中国"去乡土化"的一个重要历史时期，诗人从火车的车窗中看到的种种乡土中国的意象全部向后撤退，变成了一种奔跑的姿势。最先看到的是南方的水稻，然后是玉米，最后是北方的常见的麦子。这些都是传统诗学中最常见的意象，代表着与乡土文明有关的全部记忆、全部美学，但是这些扎根于大地的事物却全部奔跑起来，而且必然是朝一个相反的方向，成为一种过去的事物，诗人对"飞速来临又飞速撤退的事物"的敏感正体现了一种对历史急剧变动的切身体会，但诗人并没有将这种历史感转换为一种现实的、具体的反思与批判，而更多是将之转换为一种更苍茫的生命体悟。诗中没有出现有关城市的任何意象，而只是出现了一个抽象的表示方位的"北"，但所有速度感、运动感都来自这种"一路向北"所带来的身体、生命体验。诗人对现代的感受是抽象的、混茫的，但对乡村在这种历史的加速度面前所面临那种被拔根而起却有着异常的切肤之感，他看到了在这种速度中还有那些无数的站立的墓碑，成为"深深切入土地的诗篇"。

传统与现代的急速转型中所有既成的、稳定的东西都突然面临消解，一切过去的东西都在烟消云散，一切未来的东西都尚未成形，历史的火车在加速向前，那样一种突然置身空廓、无所依托，个体生命在南与北、故乡与他乡、告别与抵达、乡村与城市、大地与天空之间的运动中一下子被置于高远与苍茫之境。这种诗意来自一种独特的个人经验，也来自一种独特的中国式的历史境遇。

乡村必定成为一种记忆、一种过去、一种执念、一种需要反复申明的誓言、一种无法摆脱的宿命但同时也是一种无法抵达的距离。一方面，"走到田边/才发现——/这么多年/我的一只脚/踏进了城市/另一只脚/依然没有/拔出父亲的稻田"（《陪父亲到田边走走》），另一方面，"世界上最远的距离/是吉首到新化的距离"（《距离》）。时代越是加速向前，故乡越是加速撤离，对故乡土地的那样一种血缘归属的指认就越是成为一种热情、道义与责任：

> 八十岁的老父亲，带着我
>
> 走遍了我们家的每一块自留地
>
> 并一再叮嘱我，不要忘了这些土地
>
> 父亲跟我说这些的时候
>
> 非常认真
>
> 仿佛是进行一个庄严的交接仪式
>
> ——《跟着父亲上山》

近20年来，中国文学对乡村的遗忘的速度是令人震惊的。也许，不用多久，乡村将彻底成为词典中一个抽象的、充满诗意却没有现实指涉的名词。而诗人曾经生活过的这种南方的小乡村不同于那些沿海的发达的乡村，在当代，这种乡村面临着种种问题，包括留守儿童问题、空心化、老龄化问题，等等。乡村的这种处境就像他在一首诗中所写的：

一把废弃的空椅子
最大的痛苦和悲哀
在于——
它废而不弃

　　　　　　　　　——《空椅子》

　　对乡村的遗忘与背叛构成了中国现代化进程的本质性的
部分。但对于诗人而言，不是"转身离去"，而是一次次
"回过头去再看"，一次次回到故乡，回到与故乡有关的那些
人与事，他的诗歌中充满着对乡村的感激、感念，在离开故
乡那么多年后，他还用那么深挚的文字去写他的父亲、母
亲、二姐、表堂兄、利五叔、老家隔壁的两个女人、屋背后
的伯娘，故乡那些似乎无人关注的"卑微"的生命，却时刻
牵动着诗人的心。他们的生命似乎以一种隐秘的方式与诗人
的生命紧密地联结在一起，故乡来的消息常常让他"看清生
活的本来面目——/喜忧参半，悲欣交集"（《故乡来电》）。
读这些诗歌，常常令人动容。我不知道这样的诗歌是不是最
后的表达对乡土的敬意的诗篇。但我相信，诗人对生命本来
的苦难、不公、不幸的深刻体认，对社会边缘那些弱者的关
怀，对世界上那些转瞬即逝的美好事物的深情注目都源自这
种对"根"和"本"的执守不忘。
　　这种执守不忘不仅让诗人触及当代历史进程中那些被遮
蔽与遗忘的部分，而且，也让诗人在动荡不宁的世界中看清

自己，理解生命中最核心的部分。就像他"回过头去再看"那只蚂蚁时，已经不再是那只具体的蚂蚁了，"蚂蚁的黑"指引诗人的目光看到更广大的"黑夜的黑"，让他对生命的本原有一份洞察。这何尝不是一种馈赠？

总之，在这样一个日益复杂的时代中，胡建文的诗歌保持着异常的纯粹、清透和质朴，这种质地源自他生命本身的本色与单纯；当然，人到中年，他对现实和生命的理解会更加宽厚，相信他的写作方式也一定会更具包容性，更细密、沉潜和深刻。

（刘泰然，文艺学博士，青年评论家）

图书在版编目（ＣＩＰ）数据

天空高远，生命苍茫 / 胡建文著. -- 武汉：长江
文艺出版社，2018.1
ISBN 978-7-5702-0073-3

Ⅰ．①天… Ⅱ．①胡… Ⅲ．①诗集－中国—当代
Ⅳ．①I227

中国版本图书馆 CIP 数据核字（2017）第 300059 号

责任编辑：谈　骁　　　　责任校对：陈　琪
封面设计：吴秀娟　　　　责任印制：邱　莉　　王光兴

出版：长江出版传媒　长江文艺出版社

地址：武汉市雄楚大街 268 号　　　邮编：430070
发行：长江文艺出版社
电话：027—87679360
http://www.cjlap.com
印刷：武汉市首壹印务有限公司

开本：880 毫米×1230 毫米　　　1/32　　印张：6.5　　插页：4 页
版次：2018 年 1 月第 1 版　　　2018 年 1 月第 1 次印刷
行数：3700 行

定价：46.00 元